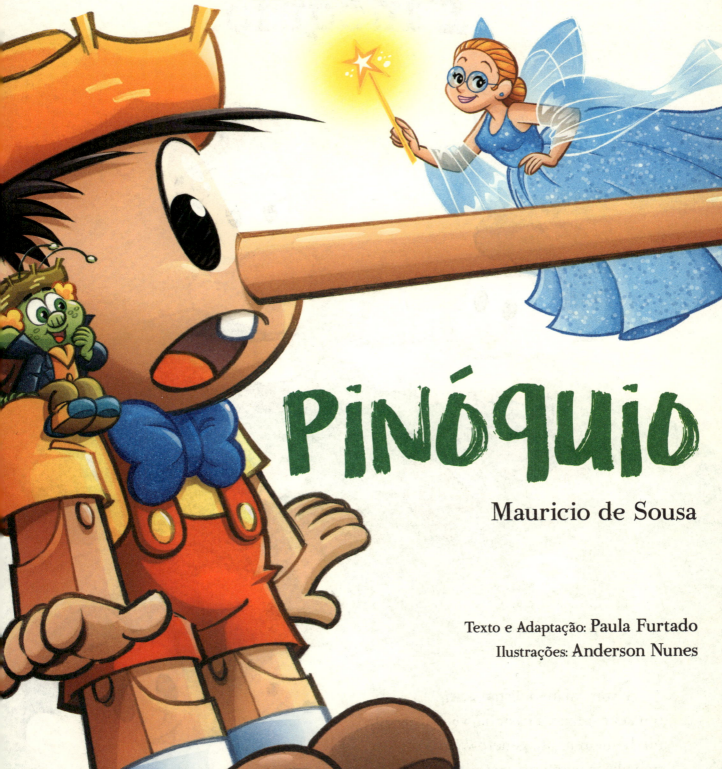

Pinóquio

Mauricio de Sousa

Texto e Adaptação: Paula Furtado
Ilustrações: Anderson Nunes

Pinóquio

Num vilarejo distante, em uma encantadora casinha, vivia um homem muito generoso que trabalhava como relojoeiro. Gepeto era seu nome.

Ele adorava crianças e, por essa razão, fabricava maravilhosos brinquedos de madeira nas suas horas vagas e os distribuía pelo vilarejo. Nem é preciso dizer que a criançada amava esse bondoso velhinho. Mas, apesar de ter uma vida tranquila e ser querido por todos, ele tinha um sonho não realizado: ter um filho.

Certa vez, Gepeto acordou no meio da noite com um vazio no coração, uma sensação de que faltava algo em sua vida solitária. Foi quando teve a brilhante ideia de construir um boneco de madeira para lhe fazer companhia.

Ele nem esperou o dia amanhecer, passou a noite inteira cortando e lixando madeira até o momento em que o boneco ficou pronto. Uma verdadeira obra-prima!

"Só falta falar!", pensou Gepeto.

Saiu todo contente para o centro da cidade, para comprar roupas para o filho.

– Nunca mais ficarei sozinho! – repetia sem parar pelo caminho.
Comprou um macacão vermelho, meias, sapatinhos e um chapeuzinho de palha para que a madeira não tomasse muito sol.

O boneco recebeu o nome de Pinóquio e era tratado como um filho. Gepeto passava o dia inteiro levando o boneco de um cômodo para outro da casa, pois não queria que ele ficasse sozinho. Conversava durante horas e até achava que sentia, de alguma maneira, as respostas do filho. Construiu brinquedos para ele e uma linda caminha.

A amizade e o amor de Gepeto por Pinóquio eram tão verdadeiros, que comoveram o coração da Fada Azul.

Em uma noite estrelada, a Fada Azul tocou Pinóquio com sua varinha mágica e falou:

– Pinóquio, darei o dom da vida a você. Mas, para virar um menino de verdade, terá que ser generoso e verdadeiro, como seu pai Gepeto. Se for merecedor, voltarei para concretizar este desejo.

Ao acordar, Gepeto descobriu que seu boneco agora tinha vida – respirava e falava como qualquer outra criança.

Em seguida, a Fada Azul, sabendo que a jornada do boneco não seria fácil, escolheu um grilo muito esperto para ser seu conselheiro e ajudá-lo a trilhar o caminho do bem.

– Grilo – alertou ela –, tenho uma importante missão para você. Preciso que oriente Pinóquio a ser bondoso e a diferenciar o bem e o mal, o certo e o errado.

O Grilo passou a ser um companheiro inseparável de Pinóquio.

Gepeto queria ensinar tudo que sabia, compartilhar todas as descobertas com o filho. O Grilo Falante, porém, deu um sábio conselho ao velhinho.

— Eu sei que você quer aproveitar cada minuto ao lado de Pinóquio. Mas ele precisa frequentar a escola da vila, conviver e brincar com outras crianças, ter amigos e aprender.

Convencido de que o Grilo tinha razão, o orgulhoso pai matriculou o filho. E no primeiro dia de escola o aconselhou a prestar atenção nas aulas, respeitar os professores, ser atento e bondoso com os colegas.

Pinóquio estava extremamente ansioso para aprender a ler, escrever, e conhecer novos amigos.

No caminho para a escola, porém, um gato e uma raposa viram Pinóquio e ficaram admirados ao perceberem que o boneco tinha vida. Pensaram que ganhariam um bom dinheiro com ele.

— Para onde você vai com tanta pressa, menino? — perguntou a raposa.

– Eu vou à escola, para ficar sabido e ter muitos amigos! – respondeu animado, o boneco.

– Mas quem falou tamanha bobagem para você? Crianças espertas não frequentam escolas, pois sabem que aprendem muito mais na escola da vida.

O gato acrescentou:

— Estamos indo para um lugar de muita diversão e aprendizado: um teatro de marionetes. Mas só crianças espertas e com coragem de desobedecer as regras dos pais podem nos acompanhar.

— Eu sou corajoso e também muito esperto. Quero muito conhecer o teatro! — falou o boneco.

O Grilo contestou:
— Pinóquio, não acredite nesses dois. Lembre-se que você deve ser um bom menino, e faltar à aula não é correto!

– Ora essa, não dê ouvidos a este minúsculo inseto! Ele está com inveja, pois você vai se divertir. Talvez... possa até trabalhar no teatro. Vai ficar famoso, viajar, conhecer muitos lugares e pessoas, ficar rico, comprar tudo que gostar e quiser e, ainda, poderá ajudar o seu pai. Ele não precisará trabalhar tanto e terá mais tempo para você. – concluiu a raposa.

O pobre Grilo falava e argumentava, mas o boneco nem o escutava, caminhava animado com os novos companheiros, deixando o amigo para trás.

Chegando ao teatro, Pinóquio logo ficou hipnotizado com a peça. Ele nem olhava para os lados. Enquanto isso, os novos e traiçoeiros amigos o vendiam para o dono do teatro.

No início, tudo foi uma festa. Pinóquio se divertiu com as brincadeiras e trapalhadas das marionetes, e até participou de uma apresentação. A plateia aplaudiu muito, pois nunca tinha visto um boneco falar e se movimentar sozinho. Com certeza, ele seria um sucesso!

O dono do teatro comemorava gritando aos quatro cantos:

– Vou ficar rico! Este boneco vai me deixar rico!

Ao escurecer, Pinóquio se deu conta de que Gepeto estaria preocupado e, quando resolveu ir embora, teve uma terrível surpresa: foi trancado numa jaula. Foi quando percebeu a encrenca em que havia se metido.

– Eu devia ter escutado o Grilo! Devia ter obedecido o papai! – Pinóquio chorava muito, com medo de nunca mais encontrá-los.

Mas o fiel amigo Grilo Falante não tinha desistido dele. Passou o dia todo investigando o seu desaparecimento.

Quando o encontrou, descobriu que não poderia libertar o amigo sozinho e resolveu pedir ajuda à Fada Azul para tirar Pinóquio da jaula.

A fadinha abriu o cadeado com sua varinha e perguntou a Pinóquio o que havia acontecido. Ele respondeu:

– Hããã... sabe o que aconteceu? Eu estava indo para escola, errei o caminho e me perdi na frente do teatro. Fui pedir ajuda ao dono e ele me prendeu nesta jaula.

Quando terminou de inventar essa história, percebeu que seu nariz tinha crescido. Assustado, o boneco chorou muito.

A fada pacientemente explicou:

– Pinóquio, toda vez que você mentir, seu nariz vai denunciá-lo e crescer, porque a mentira fica na cara! Algumas pessoas ficam com o rosto vermelho, outros desviam o olhar, em algumas cresce o nariz, como é o seu caso!

— Lembre-se: a verdade sempre aparece!

Pinóquio choramingou:
— Por favor, eu não quero ficar com este nariz. Prometo só falar a verdade!

— Seja um bom menino, viva na verdade e faça o bem. Seu nariz voltará ao normal. – ensinou a Fada Azul.

Pinóquio voltou para casa, ficou bonzinho por muitos dias e seu nariz aos poucos foi diminuindo. Gepeto e o Grilo estavam radiantes com o novo comportamento do boneco.

Porém, um tempo depois, a caminho da escola, Pinóquio viu várias crianças correndo na direção oposta. Como era muito curioso, resolveu espiar o que estava acontecendo.

Uma das crianças falou:

– Pinóquio, abriu um parque de diversões novo, do outro lado da floresta. Lá tem brinquedos divertidos e doces deliciosos. E, como hoje é a inauguração, é tudo de graça! Vamos? – o boneco concordou na mesma hora.

De nada adiantaram os conhecidos sermões do Grilo, porque, novamente, Pinóquio não deu ouvidos ao dedicado amigo.

– Tem hora para se divertir e hora para fazer os deveres!

Mas Pinóquio já seguia adiante.

Então, o Grilo resolveu acompanhá-lo. Afinal, precisava cuidar do desobediente boneco.

Quando chegaram ao parque, as crianças brincaram muito e comeram demais. No fim do dia, estavam exaustas. Algumas dormiam no chão, outras choravam com dores de barriga, de tanto comer doces e, por fim, todas adormeceram, menos Pinóquio. Ele foi o último a cair no sono.

De repente, Pinóquio acordou assustado e descobriu que, durante o cochilo, cresceram grandes orelhas de burro em sua cabeça. Ao olhar ao seu redor, percebeu que as outras crianças também estavam se transformando em burros. Já tinham até rabos!

Ele começou a chorar, gritar e espernear, desesperado, pedindo ajuda ao Grilo para encontrar a Fada Azul.

Quando a fadinha apareceu, Pinóquio implorou que ela ajudasse todas as crianças a voltar ao normal.

A Fada Azul gostou muito da atitude de Pinóquio de querer ajudar os colegas, mas, quando perguntou ao boneco o que havia acontecido, ficou novamente decepcionada com ele.

— Hããã... nós estávamos indo para a escola quando, de repente, erramos o caminho e nos perdemos. – respondeu o mentiroso.

Assim que acabou o relato, é claro que seu nariz cresceu novamente. E, desta vez, ficou ainda maior. Apavorado, Pinóquio pediu desculpas e contou a verdade para a fadinha.

A fada aconselhou:

— Pinóquio, quem tem bom coração não mente. Assim fica difícil você virar um menino de verdade. Mas, por outro lado, ter confessado a verdade agora e querer ajudar os outros já foi um bom começo para melhorar. Vá para casa e tente seguir o caminho do bem. E lembre-se: escute o Grilo Falante, ele quer o melhor para você!

Depois, com um toque de sua varinha, fez Pinóquio e as outras crianças voltarem ao normal.

Pinóquio voltou para casa com o Grilo. Sentia muita saudade do pai. Ao chegar lá, não encontrou Gepeto. Mas achou um bilhete na porta que dizia:

Querido filho,
procurei você em todo o vilarejo e não encontrei. Como estou muito preocupado, vou sair de barco à sua procura.

Pinóquio e o Grilo correram para a praia, mas não encontraram o barco de Gepeto. Eles ouviram de uns pescadores locais que um pequeno barco havia sido engolido por uma baleia naquela manhã.

Grilo, que era muito esperto, ensinou Pinóquio a construir uma jangada, assim seguiram para o mar procurar Gepeto.

Depois de horas navegando, depararam-se com o enorme mamífero marinho e foram engolidos no mesmo instante.

Ao chegarem no estômago da baleia, viram o barco e lá estava Gepeto, triste e desanimado. Porém, quando viu o filho e o Grilo, sorriu e correu para abraçá-los. O boneco pediu desculpas e prometeu que seria um bom filho. Tudo o que ele mais queria era ser um menino de verdade e fazer o pai feliz.

Pinóquio teve a ideia de fazer uma fogueira com os pedaços de madeira da jangada. Assim, a baleia poderia espirrar e atirá-los para fora.

E foi o que fizeram. O plano deu certo e a baleia espirrou o barco onde estavam Gepeto, Pinóquio e o Grilo.

A partir daquele dia, Pinóquio passou a ser um menino obediente, bom aluno e nunca mais MENTIU.

A Fada Azul, então, transformou, finalmente, o boneco em um menino de verdade. E, desde aquele dia, o garoto Pinóquio, seu pai Gepeto e o amigo Grilo viveram felizes para sempre.

Dados Internacionais de Catalogação na Publicação (CIP)
(Câmara Brasileira do Livro, SP, Brasil)

Sousa, Maurício de
  Turma da Mônica : Vira-virou : Pinóquio
O mágico de oz / Maurício de Sousa ; [adaptação
Paula Furtado]. -- 1. ed. -- Barueri : Girassol
Brasil, 2021.

ISBN 978-65-5530-329-2

1. Contos - Literatura infantojuvenil
I. Furtado, Paula. II. Título.

17-07883   CDD-028.5

Índices para catálogo sistemático:

1. Contos : Literatura infantil 028.5
2. Contos : Literatura infanto juvenil 028.5

GIRASSOL BRASIL EDIÇÕES EIRELI
Av. Copacabana, 325, Sala 1301
Alphaville - Barueri - SP - 06472-001
www.girassolbrasil.com.br
leitor@girassolbrasil.com.br

Direção Editorial: Karine Gonçalves Pansa
Coordenadora Editorial: Carolina Cespedes
Assistente Editorial: Laura Camanho
Texto, adaptação e orientação psicopedagógica: Paula Furtado

Direitos de publicação desta edição no Brasil
reservados à Girassol Brasil Edições Eireli
Impresso no Brasil

Estúdios Maurício de Sousa

Presidente: Maurício de Sousa

Diretoria: Alice Keico Takeda, Mauro Takeda
e Sousa, Mônica S. e Sousa

Maurício de Sousa é membro
da Academia Paulista de Letras (APL)

Diretora Executiva
Alice Keico Takeda

Direção de Arte
Wagner Bonilla

Diretor de Licenciamento
Rodrigo Paiva

Coordenadora Comercial
Tatiane Comiosi

Analista Comercial
Alexandra Paulista

Editor
Sidney Gusman

Layout
Robson Barreto de Lacerda

Revisão
Daniela Gomes, Ivana Mello

Editor de Arte
Mauro Souza

Coordenação de Arte
Irene Dellega, Maria A. Rabello, Nilza Faustino

Produtora Editorial Jr.
Regiane Moreira

Desenho
Anderson Nunes

Cor
Giba Valadares, Kaio Bruder,
Marcelo Conquista, Mauro Souza

Designer Gráfico e Diagramação
Mariangela Saraiva Ferradás

Supervisão de Conteúdo
Marina Takeda e Sousa

Supervisão Geral
Maurício de Sousa

MAURICIO DE SOUSA EDITORA

Condomínio E-Business Park - Rua Werner Von Siemens, 111
Prédio 19 – Espaço 01 - Lapa de Baixo – São Paulo/SP
CEP: 05069-010 - TEL.: +55 11 3613-5000

© 2021 Maurício de Sousa e Maurício de Sousa Editora Ltda.
Todos os direitos reservados.
www.turmadamonica.com.br

Muito além da arca-íris,
eu encontrei
amigas queridas
que nunca me esquecerei.

Muito além da arca-íris,
incríveis aventuras vivenciei,
e com elas descobri o que ainda não sabia:
que a terra de Oz
já existe em cada um de nós!

É neste lugar de magia,
podemos encontrar,
as emoções com alegria,
amor, coragem e sabedoria!

O Mágico a ensinou como usá-los:

— Pense em sua casa, bata três vezes os calcanhares e boa viagem!

A menina se despediu de seus novos amigos e voou com Totó de volta para casa, onde foi recebida com muito amor e saudade pelos tios.

Agora, Doroti canta em seus passeios:

Em seguida, todos se abraçaram emocionados.

O Mágico consertou os poderosos sapatinhos da Fada do Leste e eles voltaram a ser alados. Doroti poderia, finalmente, voar com eles até a fazenda de seus tios.

37

— Sim! Mas esta jornada ajudou cada um a se conhecer melhor e a descobrir dentro de si que já tinham o que desejavam — completou o Mágico de Oz. — O Leão descobriu sua coragem. O Espantalho, seu cérebro pensante. E o Homem de Lata, seu sonhado coração.

— Homem de Lata, você já sabe o que é o amor. Ajudou seus amigos e cuidou deles sem querer nada em troca! — disse o Mágico.

— Doroti, consertarei seus sapatinhos mágicos e eles voltarão a ser alados. Seu coração a guiará de volta para casa.

— Então... quer dizer que já tínhamos tudo que buscávamos? — perguntou curiosa a menina.

Os cinco voltaram para a casa do Mágico de Oz, pois ansiavam por realizar seus desejos. Mas, em vez disso, receberam uma importante revelação:

— Leão, você gostaria de ter coragem, não é? Do que acha que precisou ter para enfrentar os macacos alados, lobos e corvos da malvada Fada do Oeste?

— Co-co-coragem? — respondeu espantado o Leão.

— Espantalho — disse o Mágico virando-se para ele —, você gostaria de ter um cérebro para pensar. Mas como acredita que elaborou um plano tão perfeito para encurralar os ajudantes da fada? Raciocinando, é claro!

E agora, você já contou? Sem esta bruxa, duas restaram!

Quando soube do acontecido, a boa Fada do Sul foi encontrá-los. Prontamente, ela desamassou o Homem de Lata, colocou a palha de volta no Espantalho e soltou o Leão da jaula.

A fada ficou muito agradecida pela ajuda recebida. Os cinco agradeceram à bondosa Fada do Sul e se despediram dela.

Graças aos novos amigos, Oz finalmente teria paz e sossego.

Doroti ficou com tanta raiva da malvada Fada do Oeste que pegou um balde d'água que estava ao seu lado e jogou nela.

Nesse instante, a Fada do Oeste começou a diminuir, diminuir até desaparecer por completo. O que ninguém havia descoberto antes era que água era a melhor arma destruidora de fadas más!

Desta vez, Doroti e seus amigos não tiveram como escapar. Eram muitos contra poucos. Foram capturados e levados para o castelo do Oeste.

A malvada Fada do Oeste, com toda sua fúria, amassou o Homem de Lata. Depois, tirou toda a palha do Espantalho, coitado! E, para completar, prendeu o Leão em uma jaula. Então, virou-se para Doroti e falou:

— Agora, vou transformar seu cãozinho em uma lesma, garota petulante!

Todos seguiram o planejamento do Espantalho. E deu certo! Doroti e Totó distraíram os ajudantes da Fada do Oeste, e o Homem de Lata e o Leão conseguiram prendê-los em uma armadilha.

A malvada, que assistia a tudo na sua bola de cristal, ficou furiosa e mandou seu exército completo de macacos alados para aprisionar e levar os cinco amigos para o seu castelo.

O Mágico de Oz prometeu atender a todos os desejos, se eles o ajudassem a se livrar da malvada Fada do Oeste. Essa era a condição.

Os cinco seguiram determinados para o poente. Ao anoitecer, a Fada do Oeste mandou seus corvos e lobos para amedrontá-los, mas o Espantalho elaborou um plano perfeito para encurralar os malvados.

Livres dos macacos alados, todos seguiram adiante e, pouco depois, encontraram a casa do Mágico. Ele os recebeu separadamente e cada um fez o seu pedido.

O Espantalho pediu um cérebro; o Homem de Lata, um coração; o Leão, coragem; e Doroti disse que queria voltar à fazenda de seus tios.

Então, o Leão começou a rugir sem parar e assustou os macacos, que voaram de volta para o castelo da malvada Fada do Oeste.

Todos aplaudiram a atitude do Leão, que enfrentou a situação para defender os amigos.

– Macacos me mordam! – gritou aterrorizado o Leão.

Mas logo se arrependeu da terrível expressão usada. Ele pensou em se esconder em um arbusto, mas não podia deixar aquela doce menina e seus novos amigos que o acolheram tão bem em perigo.

Assim, os cinco andaram muito pela estrada de tijolos amarelos em direção ao arco-íris. Quando estavam quase chegando na Cidade das Esmeraldas, resolveram parar um pouco e descansar. Mas foram surpreendidos e atacados pelos macacos voadores da malvada Fada do Oeste, que queriam pegar os sapatinhos mágicos de Doroti.

O Homem de Lata ficou com pena do pobre leão e falou:

– Venha com a gente procurar o Mágico de Oz. Se tiver sorte, ele dará a você coragem para agir como um leão de verdade!

O Leão aceitou na mesma hora.

Mais adiante, um leão enorme apareceu e rugiu para eles. Ficaram assustados, menos Totó, que latiu de volta.

E, para a surpresa de todos, o grande felino se escondeu atrás de uma árvore.

– Um leão medroso?! – exclamou Doroti.

– Sim! – confessou envergonhado o grande animal.

E seguiram a caminhada, cantando:

Muito além do arco-íris,
um mágico vamos encontrar
que vai arrumar um coração
para nosso amigo de lata
conseguir amar...

– Puxa, posso ir também? Será que ele não me arruma um coração que bata ritmado como um relógio? – perguntou o Homem de Lata.

– Claro! Quanto mais amigos nesta aventura, melhor! – respondeu docemente a menina.

– Obrigado, amigos. Nem sei como retribuir o favor. Querem entrar e descansar um pouco? – convidou o agradecido Homem de Lata.

– Foi um prazer ajudar! Mas temos de seguir em frente e encontrar o Mágico de Oz! Ouvimos dizer que ele pode consertar qualquer coisa no mundo com sua magia. Queremos que ele nos mande de volta para casa e consiga um cérebro para o Espantalho.

– Estou todo enferrujado e não consigo me mexer. Será que poderiam fazer a gentileza de lubrificar minhas juntas?

Doroti e o Espantalho pegaram óleo e um pano e puseram-se a lubrificar cada parte enferrujada. Deixaram o Homem de Lata brilhando, com os movimentos perfeitos.

Seguindo pelo caminho, encontraram um homem de lata parado em frente a uma cabana, lamentando-se:

– Ai de mim! Não posso me mexer! Ai de mim!

– Boa tarde! Por que você está chorando? Podemos ajudar? – perguntou a generosa menina.

15

E lá foram os três, cantando animados a música:

Muito além do arco-íris,
vamos procurar
um mágico que pode
nos fazer para casa voltar
e dar um cérebro
para o Espantalho pensar.
Muito além do arco-íris,
nossos desejos vão se realizar...

– Vamos procurar o Mágico de Oz! Você o conhece? – perguntou Doroti.

– Não, mas também quero encontrá-lo. Dizem que ele pode consertar qualquer coisa no mundo, e eu gostaria muito que ele me desse um cérebro para pensar como os homens. – E perguntou: – Posso ir com vocês?

– Claro, vamos adorar sua companhia!

Assustada, a menina resolveu seguir as instruções da fada boa.

No caminho, Doroti e Totó encontraram um espantalho pendurado em um tronco de árvore com uma expressão triste e perdida.

— Bom dia, Espantalho!

— Bom dia! O que fazem neste lugar onde não passa ninguém? Vivo aqui sozinho e entediado.

A Fada do Norte ficou muito agradecida e, como recompensa, entregou para Doroti os sapatinhos vermelhos encantados da Fada do Leste e disse:

— Pegue estes sapatinhos, menina. A notícia da morte da Fada do Leste vai se espalhar e a Fada do Oeste com certeza vai querer se vingar. Vocês correm muito perigo aqui! — E continuou: — Estes sapatinhos são mágicos, mas não estão funcionando no momento, porque foram quebrados com a forte pancada que sofreram. Procurem o Mágico de Oz, ele poderá consertá-los. Além disso, ele é muito poderoso e irá protegê-los. Sigam esta estrada de tijolos amarelos, pois ela os levará à Cidade das Esmeraldas, onde ele mora.

11

Quando a nuvem pousou com Doroti e Totó na cidade de Oz, o vento forte derrubou uma árvore que esmagou a malvada Fada do Leste. Para variar, ela estava fazendo maldades naquela região que era protegida pela boa Fada do Norte.

Agora, veja você, menos uma bruxa, restaram três!

Era uma cidade muito bonita, que tinha um colorido muito especial. E ali viviam quatro bruxas. Sim, eram quatro num mesmo lugar! Não era tão assustador como parece, pois duas eram bruxas do bem, enquanto as outras aterrorizavam a todos. As boas eram conhecidas como Fada do Norte e Fada do Sul, e as más, como Fada do Leste e Fada do Oeste.

Um dia, voltando para casa, Doroti e Totó foram envolvidos, de repente, por uma nuvem escura. Em seguida, um vento muito forte os carregou para bem longe, muito longe mesmo. Um lugar desconhecido chamado Oz.

A menina tinha um desejo muito grande de conhecer lugares diferentes e fazer descobertas. Em seus passeios, sempre queria explorar um novo caminho, e Totó também se divertia muito vivendo novas aventuras.

Nesses passeios, a menina adorava cantar uma música que representava seu sonho.

Numa fazenda encantadora, vivia uma doce menina órfã chamada Doroti e seu inseparável cãozinho Totó. Ela morava com seus tios e sua vida era muito agradável.

Doroti e Totó brincavam o dia inteiro: corriam, pulavam, jogavam bola, nadavam no lago e colhiam flores e frutos. Uma deliciosa vida ao ar livre.

O Mágico de Oz

TURMA DA MÔNICA

O Mágico de OZ

Texto e Adaptação: Paula Furtado
Ilustrações: Anderson Nunes

Mauricio de Sousa

MAURICIO DE SOUSA
EDITORA

GIRASSOL